Le Crime de l'Orient-Express

FichesdeLecture.com

Le Crime de l'Orient-Express (Fiche de Lecture)

I. INTRODUCTION

Le Crime de l'Orient-Express (*Murder on the Orient Express* dans l'édition britannique originale) est un roman policier écrit par Agatha Christie et publié en 1934. C'est l'un des romans de l'auteur ayant connu le plus grand succès. Son scénario est inspiré d'un crime réel, l'affaire Charles Lindbergh, ce bébé a été kidnappé le 1er mars 1932 et retrouvé mort le 12 mai malgré le paiement d'une rançon. Le Crime de l'Orient-Express a été écrit au Pera Palas, hôtel historique d'Istanbul accueillant les voyageurs de l'Orient-Express. Il s'agit d'une enquête menée par le fameux personnage de l'auteur, Hercule Poirot, détective belge.

II. RÉSUMÉ DU ROMAN

Hercule Poirot vient de passer plusieurs jours en Syrie. Après un long voyage dans le Simplon-Orient-Express, il se rend â l'hôtel Tokatlian, à Bosphore. Il reçoit un télégramme lui ordonnant de rentrer à Londres pour une affaire de grande importance. Il veut alors acheter alors un billet de train, mais toutes les places sont réservées. Très étonné il réussit tout de même à obtenir une place grâce à un vieil ami.

Le détective monte dans ce fameux train pour rentrer sur Londres. Mais durant la nuit les neiges yougoslaves ont contraint l'Orient-Express à s'arrêter. Le lendemain matin, on découvre le cadavre d'un Américain lardé de douze coups de couteau. Cette nouvelle intrigue tous les passagers. On confie vite l'affaire à Poirot. Pour le détective l'assassin n'a pas pu intervenir de l'extérieur : il s'agit d'un véritable huis clos.

Hercule Poirot trouve des indices dans la couchette de la victime lui indiquant la véritable identité de Ratchett : ce n'est autre que Casseti, le fameux voleur d'enfants, inculpé dans le rapt et l'assassinat de la petite Daisy Armstrong. Le détective est aidé de Mr Bouc et du docteur Constantine, qui lui affirme que la victime a été frappée par plusieurs personnes.

Il interroge tous les passagers et récolte plusieurs indices, plus ou moins importants. Enfin il découvre la véritable identité d'une passagère, la princesse, qui est en fait la sœur de Mrs Armstrong, il découvre également que Mary Debenham a aussi un lien avec la famille Armstrong : elle est la gouvernante des enfants. Il s'aperçoit que tous les passagers du train, excepté Mr Bouc et le docteur Constantine, ont un lien avec les Armstrong.

Poirot a enfin trouvé les coupables : tous les voyageurs ont donné chacun un coup de couteau dans le corps de Ratchett. Ils avaient monté un complot pour se venger de l'assassinat de la petite Daisy.

III. PRÉSENTATION DES PERSONNAGES

Hercule Poirot

C'est un détective belge de fiction créé par Agatha Christie, en hommage au mathématicien belge de La Vallée Poussin. Il apparaît dans plusieurs romans de l'auteur.

Né en Belgique un 22 janvier, il est retraité de la police belge, où il occupa les fonctions de chef de la Sûreté. Pendant la Première Guerre mondiale, son pays est occupé par les Allemands ; il est évacué avec d'autres réfugiés dans la petite ville anglaise de Styles St. Mary. Il devient ensuite détective privé. Hercule Poirot ne vit désormais que de ses enquêtes, en Angleterre.

Homme mûr de petite stature, avec une tête en forme d'œuf, une apparence de dandy, des cheveux teints, moustaches en croc soigneusement cirées, il est toujours tiré à quatre épingles, impeccablement vêtu, et soucieux de sa morale autant que de son confort. Il se considère presque infaillible et ne manque pas ainsi d'affronter les adversaires les plus terribles, qui ont tendance à le sous-estimer.

Il a une obsession de l'ordre et dédaigne les méthodes d'enquête traditionnelles préférant une approche psychologique du crime. Il accorde beaucoup d'importance aux petits détails qui peuvent paraître insignifiants aux yeux de tous, mais qui constituent au contraire des éléments indispensables à la découverte de la vérité. La divulgation de la vérité est le prétexte d'une mise en scène qu'il organise lui-même et qui rassemble tous les protagonistes de l'histoire.

Fait notable pour un personnage de fiction, la mort d'Hercule Poirot a donné lieu, le 6 août 1975, dans les colonnes du New York Times, à une nécrologie : « Hercule Poirot, détective belge ayant acquis une renommée internationale, est mort en Angleterre. Son âge était inconnu. » Cette nécrologie accompagnait la parution en deux épisodes, aux États-Unis, dans les colonnes du mensuel *Ladies' Home Journal*, du roman Hercule Poirot quitte la scène, qui devait paraître en volume en septembre de la même année, chez les éditeurs habituels d'Agatha Christie : Collins, à Londres, et Dodd Mead, à New York.

Poirot a été représenté à l'écran, pour des films ou à la télévision, par différents acteurs, dont Albert Finney, Peter Ustinov, Ian Holm, Tony Randall, Alfred Molina ou encore David Suchet.

Monsieur Bouc

De nationalité belge, c'est l'un des directeurs de la Compagnie Internationale des Wagons-lits. C'est un vieil ami de Poirot, il propose sa cabine à Poirot, qui était en deuxième classe. Pendant tout le roman, il reste en compagnie de Poirot pour l'aider à mener son enquête.

Le docteur Constantine

Il est petit et brun, c'est un médecin Grec, il examina le cadavre de monsieur Ratchett et découvrit plusieurs anomalies notamment le fait que la victime fut frappée par un droitier et un gaucher. À la demande de Poirot, il les assiste dans leur enquête.

Mary Debenham

Anglaise elle est âgée de vingt-six ans. Grande, mince, brune, les traits d'une régularité austère, le teint pâle et les yeux gris d'un regard froid, c'est une très jolie femme. Elle voyage dans la voiture Constantinople-Calais dans le compartiment n° 11, en deuxième classe. Miss Debenham vient de Bagdad où elle était gouvernante de deux enfants et va à Londres. Poirot ne recueille pas de témoignage accusateur contre elle, mais il surprend cependant une conversation entre elle et le colonel Arbuthnot qu'elle refuse d'expliquer. Elle est en réalité la gouvernante des enfants Armstrong.

Hector Macqueen

C'est le secrétaire de Ratchett. Américain, il voyage dans la couchette 6-7 en deuxième classe, il fume la cigarette. Poirot ne possède aucun témoignage accusateur contre lui. Dans son témoignage, il affirme ne pas connaître la véritable identité de monsieur Ratchett.

Princesse Dragomiroff

D'origine russe, habite 17, avenue Kléber à Paris. Elle vient de Constantinople où elle est descendue à l'ambassade d'Autriche. La princesse est une vielle femme très laide. Elle occupe la couchette n° 14, en première classe. Elle est très proche de la famille Armstrong. Poirot ne possède aucun témoignage accusateur contre elle. Elle est en réalité la marraine de Sonia Armstrong.

Le colonel Arbuthnot

Anglais, c'est un homme solitaire. De haute taille, le visage hâlé et les tempes grisonnantes, il est de retour des Indes. Il ne vient pas directement des Indes, mais s'est arrêté une nuit en Chaldée, et trois jours à Bagdad, chez un de ses amis. Le colonel voyage en première classe, dans la couchette n° 15. Il fume la pipe. Il est en réalité un ami intime de John Armstrong.

Mrs Hubbard

Américaine, est en adoration devant ses enfants. Elle occupe la couchette n°13, en première classe. Poirot ne possède ni témoignage accusateur ni circonstance suspecte contre elle. Elle a découvert sur sa table de nuit, un bouton appartenant à la tunique d'un conducteur. Elle est en réalité la mère de Mrs Armstrong.

Pierre Michel

Employé des wagons-lits Français et habite près de Calais. Mr Bouc le connaissant, l'affirme foncièrement honnête. Pierre Michel a été vu par Poirot dans le couloir, au moment où une voix se faisait entendre du compartiment de Ratchett, à 0 h 37 précise. L'uniforme découvert dans les baguages de Mrs Hildegarde plaide en faveur de Michel car on s'en est servi en vue de jeter les soupçons contre lui. Poirot ne possède aucun témoignage accusateur contre lui. Il est en réalité le père de la bonne d'enfants des Armstrong.

Edouard Henry Masterman

Anglais, c'est le valet de chambre de Ratchett. Il a trente-neuf ans et habite Clerhenwell. Masterman a remarqué que la nuit dernière Mr Ratchett était tourmenté par une lettre qu'il venait de lire. Il affirma avoir donné un narcotique à son maître, ce qu'il fait toujours en voyage. Masterman possède un alibi de minuit à 2 h, confirmé par Antonio Foscarelli.

Greta Olhsson

Suédoise, elle est directrice d'hôpital dans une mission près d'Istanbul. Elle a quarante-neuf ans et occupe le compartiment 10 en seconde classe. Elle partage sa couchette avec Mary Debenham. Elle part en vacances en Suède, mais elle doit d'abord passer chez sa sœur à Lausanne. Elle est en réalité la nurse de la petite Daisy Armstrong.

M. Ohlsson

C'est la dernière personne qui ait vu Ratchett en vie. Il possède un alibi de minuit à 2 h, confirmé par Mary Debenham.

Le comte Andrenyi

Hongrois le comte est un bel homme, large d'épaules, mince de taille et haut de six pieds. Il occupe la cabine n° 13, en première classe. Il est marié à la comtesse Andrenyi. La comtesse Andrenyi est en réalité la jeune sœur de Mrs Armstrong.

Mr Hardman

Américain, il occupe la couchette n° 16, en première classe. Son passe-port dit qu'il est représentant en rubans de machine à écrire, mais cela est faux car Hardman est en fait agent de police privée à New York. Il travaille pour Ratchett, craignant que sa vie soit menacée. Poirot ne possède aucun témoignage accusateur ni circonstance suspecte contre lui. Il est en réalité le fiancé de la fille de Pierre Michel.

Antonio Foscarelli

Italien naturalisé Américain est représentant en automobiles. Il occupe la couchette n°5 en seconde classe. Poirot ne possède aucun témoignage accusateur ni circonstance suspecte contre lui.

Hildegarde Schmidt

Allemande, c'est la femme de chambre de la princesse Dragomiroff. Pendant la nuit, elle est allée masser la princesse et lire à haute voix puis elle est retournée dans son compartiment. Dans le couloir, un conducteur l'a bousculée, mais il ne ressemblait à aucun des conducteurs du train. Elle est en réalité la cuisinière des Armstrong.

IV. AXES DE LECTURE

Le genre du roman policier

Le roman policier est une fiction qui met en scène une enquête criminelle portant sur un ou plusieurs assassinats et dont le récit se fonde sur une narration régressive : l'enquête doit reconstituer l'histoire de ce qui s'est passé, à quoi ni l'enquêteur ni le lecteur n'ont assisté. La structure en repose sur quatre fonctions : la (ou les) victime(s) – l'enquêteur – le suspect – le coupable. Le développement du genre a réalisé des transgressions diverses de ces contraintes types. La mise en place de nouvelles formules a généré des sous-genres, dont le roman d'espionnage, le roman de suspense et le roman noir. Au XIXe siècle paraît en Angleterre le modèle du roman policier : il s'agit de Sherlock Holmes de C. Doyle (1888).

Agatha Christie apparaît pour beaucoup comme une des maitresses du genre. Sa production se limite aux romans policiers.

L'écriture d'Agatha Christie, la méthode d'Hercule Poirot

À son habitude, le célèbre détective suit sa propre méthode, guidé par un respect de l'ordre et le regroupement d'indices plus ou moins importants. Il observe tous ces « petits faits », détails qui peuvent paraître insignifiants ou négligeables puis il les classe et les range selon la technique du puzzle. Il médite sur les alibis des douze voyageurs de nationalités différentes et les douze coups de poignard.

Sa méthode se caractérise principalement par des moments de réflexion et non par la recherche d'indices matériels : « *moi je ne me lance pas à la recherche d'empreintes digitales sur les lieux du crime, je m'assois et je réfléchis* ».

Comme dans tous les romans d'Agatha Christie, la solution finale n'est pas conventionnelle. Il faut se méfier des apparences. Plus quelqu'un est suspect, plus il est innocent. Il ne faut être sûr de rien tant qu'on n'a pas lu la dernière page. Au début du récit, nous n'avons aucune idée sur l'identité du meurtrier. Puis un mobile apparaît : la vengeance de la famille Armstrong, les suspects deviennent les membres éventuels de la famille Armstrong, des amis ou des alliés. Nous savons que la princesse Dragomiroff et MacQueen connaissaient les Armstrong, cependant nous écartons leur culpabilité.

Puis nous apprenons que les autres voyageurs connaissaient aussi les Armstrong : tout le monde est innocent, ce qui est invraisemblable, ou tout le monde est coupable ?

Le mobile est partagé par plusieurs. L'innovation d'Agatha Christie est que tous les suspects sont coupables : douze citoyens décident de se faire justice.

La solidarité dans le crime

Tous les voyageurs, sauf Poirot, Bouc et Constantine, ont donné chacun un coup de couteau dans la victime.

Ce crime était prémédité. Ayant tous un lien avec la famille Armstrong, ils pouvaient se réunir fréquemment. Chaque détail avait été soigneusement préparé pour que tout se déroule parfaitement.

Ainsi, dans le wagon où se passe l'action, tous les voyageurs ont une nationalité différente : des Anglais, des Américains, des Belges, un Grec, un Russe, un Français, une Suédoise, une Hongroise, un Italien et une Allemande. Cette diversité de nationalités a été mise en scène pour qu'on ne puisse soupçonner aucun lien entre les voyageurs. Ils ont également utilisé ce stratagème au sujet des classes sociales.

Chacun des coupables a modifié son identité ils se sont inventés une activité pour la nuit du crime et un métier.

Dans la même collection en numérique

Les Misérables

Le messager d'Athènes

Candide

L'Etranger

Rhinocéros

Antigone

Le père Goriot

La Peste

Balzac et la petite tailleuse chinoise

Le Roi Arthur

L'Avare

Pierre et Jean

L'Homme qui a séduit le soleil

Alcools

L'Affaire Caïus

La gloire de mon père

L'Ordinatueur

Le médecin malgré lui

La rivière à l'envers - Tomek

Le Journal d'Anne Frank

Le monde perdu

Le royaume de Kensuké

Un Sac De Billes

Baby-sitter blues

Le fantôme de maître Guillemin

Trois contes

Kamo, l'agence Babel

Le Garçon en pyjama rayé

Les Contemplations

Escadrille 80

Inconnu à cette adresse

La controverse de Valladolid

Les Vilains petits canards

Une partie de campagne

Cahier d'un retour au pays natal

Dora Bruder

L'Enfant et la rivière

Moderato Cantabile

Alice au pays des merveilles

Le faucon déniché

Une vie

Chronique des Indiens Guayaki

Je voudrais que quelqu'un m'attende quelque part

La nuit de Valognes

Œdipe

Disparition Programmée

Education européenne

L'auberge rouge

L'Illiade

Le voyage de Monsieur Perrichon

Lucrèce Borgia

Paul et Virginie

Ursule Mirouët

Discours sur les fondements de l'inégalité

L'adversaire

La petite Fadette

La prochaine fois

Le blé en herbe

Le Mystère de la Chambre Jaune

Les Hauts des Hurlevent

Les perses

Mondo et autres histoires

Vingt mille lieues sous les mers

99 francs

Arria Marcella

Chante Luna

Emile, ou de l'éducation

Histoires extraordinaires

L'homme invisible

La bibliothécaire

La cicatrice

La croix des pauvres

La fille du capitaine

Le Crime de l'Orient-Express

Le Faucon malté

Le hussard sur le toit

Le Livre dont vous êtes la victime

Les cinq écus de Bretagne

No pasarán, le jeu

Quand j'avais cinq ans je m'ai tué

Si tu veux être mon amie

Tristan et Iseult

Une bouteille dans la mer de Gaza

Cent ans de solitude

Contes à l'envers

Contes et nouvelles en vers

Dalva

Jean de Florette

L'homme qui voulait être heureux

L'île mystérieuse

La Dame aux camélias

La petite sirène

La planète des singes

La Religieuse

À propos de la collection

La série FichesdeLecture.com offre des contenus éducatifs aux étudiants et aux professeurs tels que : des résumés, des analyses littéraires, des questionnaires et des commentaires sur la littérature moderne et classique. Nos documents sont prévus comme des compléments à la lecture des oeuvres originales et aide les étudiants à comprendre la littérature.

Fondé en 2001, notre site FichesdeLectures.com s'est développé très rapidement et propose désormais plus de 2500 documents directement téléchargeables en ligne, devenant ainsi le premier site d'analyses littéraires en ligne de langue française.

FichesdeLecture est partenaire du Ministère de l'Education du Luxembourg depuis 2009.

Plus d'informations sur www.fichesdelecture.com

ISBN: 978-2-511-03004-2

Notes :